Magdalena's Picnic
El picnic de Magdalena

Written by Patricia Aguilar Morrissey
Illustrated by Gretchen Deahl

For my family. — P.A.M.

For my beloved husband, Robby. Thank you for your unending

patience, support and love. — G.D.

Magdalena's Picnic
El picnic de Magdalena

Written by Patricia Aguilar Morrissey
Illustrated by Gretchen Deahl
Copyright © 2016 by Wednesday Night Press LLC
This book may not be reproduced in whole or in part, by any means
(except for short quotes for review purposes), without permission of the publisher.
Printed and published in the United States of America by
Wednesday Night Press
10345 SW Hillview Street
Tigard, OR 97223
www.wednesdaynightpress.com

First Edition 2016

Trade Paperback Edition 978-0-9973146-0-1

Electronic Book Edition 978-0-9973146-1-8

Library of Congress Control Number 2016902491

WEDNESDAY NIGHT PRESS, LLC

It is a hot day in the Amazon jungle. Magdalena is ready for a picnic. "Let's go, Brigitte!" she says. "Hurry up, Junior!"

Junior, the purple tapir, grunts. "Should we hold hands?"

Es un día caluroso en la selva amazónica. Magdalena está lista para ir de picnic. "¡Vamos, Brigitte!" exclama. "¡Apúrate, Junior!"

Junior, el tapir morado, gruñe. "¿Nos damos la mano?"

Magdalena looks up at the cloudy sky.

"I have an idea," she says twirling around, "let's look for a picnic spot under a tree."

"*Oh là là*," says Brigitte. She loves picnics.

4

Magdalena mira el cielo nublado.

"Tengo una idea," dice girando, "vamos a buscar un lugar bajo un árbol para hacer un picnic."

"*Oh là là*," dice Brigitte.
Le encantan los picnics.

"I've packed four strawberry jelly sandwiches, a slice of chocolate cake and plenty of water," says Magdalena.

Junior smiles. "Mmm, chocolate cake!"

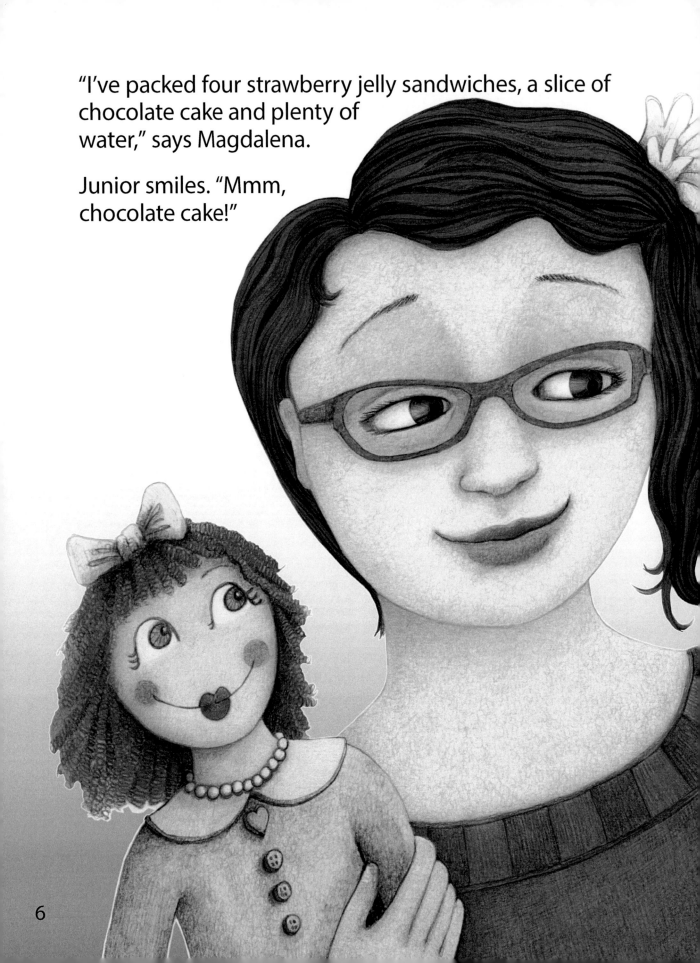

"He empacado cuatro emparedados de mermelada de fresa, un trozo de pastel de chocolate y mucha agua," dice Magdalena.

Junior sonríe.

"Mmm, ¡pastel de chocolate!"

7

The jungle is thick and menacing. Step by step they venture deeper and deeper into the unknown.

"Chuk, chuk, chuk!"

Chatty monkeys swing from vine to vine.

8

La selva es densa y amenazadora. Paso a paso se adentran
más y más hacia lo desconocido.

"¡Chuk, chuk, chuk!" Monitos ruidosos se mecen de liana
en liana.

"Hold on, Magdalena!" shouts Junior as they disappear behind a waterfall. He is thirsty and wants a little drink. Splash!

"¡Sujétate bien, Magdalena!" grita Junior mientras desaparecen detrás de una cascada. Tiene sed y quiere un traguito de agua. ¡Chas!

"Whoa!" They slide down a steep slope and into a swamp. A carnivorous pitcher plant grabs the purple tapir's stubby tail.

"I can't move!" sobs Junior. *"Au secours!"* cries Brigitte.

"Hold hands!" says Magdalena. Plop!

12

"!Ayy !" Se resbalan por una cuesta empinada a un pantano. Una planta de jarra carnívora le agarra la colita regordeta al tapir morado.

"¡No puedo moverme!" solloza Junior.

"¡*Au secours*!" grita Brigitte.

"¡Tómense de la mano!" dice Magdalena.

¡Plop!

13

"Run!" shouts Junior, "I see a cave."

"Stay together," he whispers as he tiptoes among the rocks.

The cave is dark and wet and hung with cobwebs.

"Yuck!" says Magdalena. "It smells like grandma's closet."

"¡Corran!" grita Junior, "veo una cueva."

"Manténganse juntos," susurra mientras camina de puntitas en las rocas.

La cueva es oscura y húmeda y está llena de telarañas.

"¡Puaj!" dice Magdalena. "Huele como el ropero de la abuela."

"At last!" exclaims Magdalena as she wiggles out.

The sun is shining brightly and she can feel the wind in her face. Colorful macaws glide over them. A toucan calls in the distance.

"Something stinks," says Junior, wrinkling his little snout.

"¡Por fin!" exclama Magdalena mientras se escabulle.

El sol brilla y siente la brisa en la cara. Guacamayos de colores se deslizan sobre ellos. Un tucán grita a la distancia.

"Algo huele mal," dice Junior, arrugando su trompita.

Swoosh! A slithering, foul-smelling anaconda snatches Brigitte. The snake squeezes the doll hard between its scaly coils.

"Let her go!" shouts Magdalena. She pulls Brigitte away and wrestles the anaconda into a tight knot.

"Ouf," sighs the little doll.

¡Zas! Una anaconda resbalosa y maloliente arrebata a Brigitte. La culebra se enrolla en la muñeca y la aprieta con fuerza entre sus anillos escamosos.

"¡Suéltala!" grita Magdalena. Le arranca a Brigitte y anuda fuertemente a la anaconda al luchar con ella.

"Ouf," suspira la muñequita.

Back on the path, Magdalena leads the group.

"Look, Brigitte," she says, "a perfect picnic spot!"

20

De vuelta en el camino Magdalena anima al grupo a continuar.

"Mira, Brigitte," dice, "¡un lugar perfecto para hacer un picnic!"

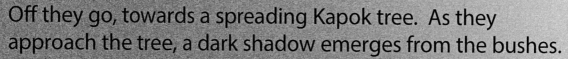

Off they go, towards a spreading Kapok tree. As they approach the tree, a dark shadow emerges from the bushes.

"Grrr!" growls a fierce spotted jaguar, crouching in the grass, eyeing his prey.

"Watch out, Magdalena!" shouts Junior.

Continúan el camino
hacia un enorme ceibo.

Cuando ya están casi llegando al árbol,
una sombra oscura aparece entre los arbustos.

"¡Grrr!" gruñe un feroz jaguar moteado,
escondido en la hierba, vigilando a su presa.

"¡Cuidado, Magdalena!" grita Junior.

23

"I'm hungry," says the jaguar.

"Tengo hambre," dice el jaguar.

"I have a sandwich for you!" says Magdalena
to her little brother.

"¡Tengo un emparedado para ti!" le dice
Magdalena a su hermanito.

26

Mmmmmm…

Dear Readers,

Have you ever seen a tapir? Or listened to a macaw? Both of these animals live in the Amazon jungle, a tropical rainforest that covers a large section of South America. This area is named after the Amazon River that starts in the Andes Mountains of Peru and empties into the Atlantic Ocean in northeastern Brazil.

In this book we meet several animals and plants from this dense jungle. Junior represents the South American tapirs. Junior is a mountain tapir, one of the smallest and, I think, one of the cutest! He has white markings around his mouth, when he is not eating chocolate cake. His prehensile snout allows him to grab and pick up things. He has four claws on his front paws and three on the back. Mountain tapirs are usually black or dark brown and are herbivores, meaning they only eat plants.

The green anaconda that snatches Brigitte can reach 29 feet in length and weigh over 550 pounds. It is the heaviest snake in the world.

Magdalena and friends also encounter red and green macaws, a pitcher plant, a frog, a turtle and lots of chatty monkeys. Towards the end of the story, a jaguar steps out of the bushes. This spotted cat is the third largest after the lion and the tiger. Jaguars are very good swimmers and usually hunt alone.

A vast area of the Amazon jungle has yet to be explored. How many new animals and plants will we discover? We need to take care of this beautiful area to ensure that all its inhabitants live happy and healthy lives.

Patricia Aguilar Morrissey

Queridos Lectores,

¿Alguna vez han visto un tapir? ¿O escuchado a un guacamayo? Ambos animales viven en la selva amazónica, un bosque tropical que cubre una sección grande de América del Sur. Esta área lleva el nombre del río Amazonas que comienza en los Andes peruanos y desemboca en el Océano Atlántico en el noreste del Brasil.

En este libro conocemos a varios animales y plantas de esta oscura y densa selva. Junior, el tapir morado, representa a los tapires sudamericanos. Junior es un tapir de montaña, uno de los tapires más pequeños y creo yo ¡uno de los más bonitos! Tiene una coloración blanca alrededor de la boca, cuando no ha estado comiendo pastel de chocolate. Una trompa prensil lo deja agarrar y recoger objetos. Tiene cuatro garras en las patas delanteras y tres en las traseras. Los tapires de montaña usualmente son de color negro o marrón oscuro y son herbívoros, es decir, sólo comen plantas.

La anaconda que atrapa a Brigitte es una anaconda verde y puede alcanzar 29 pies de largo y pesar más de 550 libras. Es la culebra más pesada del mundo. Magdalena y sus amigos también se encuentran con un guacamayo rojo y verde, una planta de jarra, una rana, una tortuga y muchos monos ruidosos. Hacia el final del cuento, un jaguar sale de los arbustos. Este gato moteado es tercero en tamaño después del león y del tigre. Los jaguares son buenos nadadores y generalmente cazan solos.

Todavía falta explorar un área vasta de la selva amazónica. ¿Cuántos animales y plantas nuevas vamos a descubrir? Necesitamos cuidar esta hermosa área para que todos sus pobladores vivan vidas tranquilas y saludables.

Patricia Aguilar Morrissey

Made in the USA
San Bernardino, CA
07 May 2016